Jean-Claude Izzo

# Leben macht müde

*Zu diesem Buch*

Es sind die kleinen Leute – Prostituierte, Matrosen, Hafenarbeiter, illegale Einwanderer –, die sich mit den großen Fragen des Daseins konfrontiert sehen. Izzos Geschichten handeln von der Suche nach dem unfassbaren Glück und der Hoffnung, in der Liebe zu sich selbst zu finden, von der Sehnsucht nach Geborgenheit und vom Tod, der schließlich alle Pläne durchkreuzt.

*Der Autor*

Jean-Claude Izzo (Marseille 1945–2000) war lange Journalist. Erst mit fünfzig fing er an, Bücher zu schreiben. Sein erster Roman »Total Cheops« wurde sofort zum Bestseller, und seine Marseille-Trilogie zählt inzwischen zu den großen Werken der internationalen Kriminalliteratur. »Chourmo« wurde 2001 mit dem Deutschen Krimi Preis ausgezeichnet.

Im Unionsverlag sind außerdem lieferbar: Die Marseille-Trilogie: »Total Cheops», »Chourmo«, »Solea« (auch als Sonderausgabe in einem Band erhältlich), sowie »Aldebaran« und »Die Sonne der Sterbenden«.

*Die Illustratorin*

Joëlle Jolivet, geboren 1965 in Charenton/Frankreich, hat über ein Dutzend Kinderbücher veröffentlicht und ist seit vielen Jahren auch als Illustratorin für Verlage und Magazine tätig. Sie lebt mit ihrer Familie in Ivry.

*Der Übersetzer*

Ronald Voullié, geboren 1952, studierte Germanistik, Soziologie und Romanistik. Neben »postmodernen« Philosophen wie Baudrillard, Deleuze und Lyotard übersetzt er seit einigen Jahren auch Kriminalromane. Er lebt in Hannover.

Jean-Claude Izzo

# Leben macht müde

Mit Illustrationen von Joëlle Jolivet
Aus dem Französischen von Ronald Voullié

Unionsverlag
Zürich

Die Originalausgabe erschien 1998 unter dem Titel
*Vivre fatigue* bei Editions EJL in Paris.
Die deutsche Erstausgabe erschien 2005
im Unionsverlag, Zürich.

*Im Internet*
Aktuelle Informationen,
Dokumente, Materialien
*www.unionsverlag.com*

Unionsverlag Taschenbuch 397

Rieterstrasse 18, CH-8027 Zürich
Telefon 0041-44-283 20 00, Fax 0041-44-283 20 01
mail@unionsverlag.ch

Reihengestaltung: Heinz Unternährer, Zürich
Umschlagillustration: Joëlle Jolivet
Druck und Bindung: Clausen & Bosse, Leck
ISBN 978-3-293-20397-6

Die äußeren Zahlen geben die aktuelle Auflage
und deren Erscheinungsjahr an:
1 2 3 4 5 - 10 09 08 07

*Für diejenigen, die ich liebe und die wissen,*
*wie müde einen das Leben machen kann.*

»Unter der Sonne gibt es kein Geheimnis,
sondern nur Tragödien.«
*Jean Giono*

*Die hier enthaltenen Geschichten wurden zuerst in Anthologien oder Zeitschriften veröffentlicht. Einige wurden für diese Ausgabe überarbeitet. Selbstverständlich handelt es sich um erfundene Geschichten. Wenn sie an echte Meldungen in den vermischten Nachrichten erinnern, dann wegen der reinen Ironie der Realität. Dennoch sind die Schauplätze genauso real wie der Ekel, den das Leben manchmal auslöst.*

# Leben macht müde

*Für Manuèle und Thierry*

Marion schlug die Augen auf. Ein Geräusch hatte sie aus dem Schlaf gerissen. Ein dumpfes Geräusch. Wie ein Klopfen an der Zimmerwand.

Sie schloss angewidert die Augen und öffnete sie wieder. Theo war nicht mehr da, lag nicht mehr neben ihr. Aber sein Platz im Bett war noch warm. Hat sich wohl verpisst, dieses Arschloch, sagte sie sich.

Ihre Augen gewöhnten sich an das Dämmerlicht. Theo hockte auf dem Boden und suchte seine verstreuten Klamotten zusammen. Sie lächelte, als sie sich erinnerte, wie aufgekratzt sie war, als sie letzte Nacht nach Hause gekommen waren. Diese Begierde, sich von ihm vögeln zu lassen, immer noch. Sie hatten gestern den ganzen Tag fast nichts anderes gemacht. Nur noch diesen Spaziergang auf der Uferstraße. Zunächst Hand in Hand. Danach eng aneinander geklammert, Theos Arm um ihre Schultern. Wie lange hatte sie so etwas nicht mehr erlebt? Dieses Gefühl, geliebt zu werden. Zu leben.

»Glaubst du, du kannst einfach so abhauen?«, fragte sie ihn.

Sie hatte einen trockenen Mund. Zu viel Alkohol. Zu viele Kippen. Wie immer. Sie konnte sich nicht zusammenreißen. Musste sich betäuben. Um an ihre Träume glauben zu können und sich einzureden, dass der Typ da vor ihr nicht einer von diesen Scheißseeleuten war, die sie auf die Schnelle fickten und dann nach Buenos Aires, Trinidad, Panama oder in irgendein anderes bescheuertes Land verschwanden, weit weg von hier.

»Ich habs eilig«, antwortete Theo, während er sich anzog.

Sie machte die Nachttischlampe an. Ein schwaches blaues Licht. Er stand aufrecht, mit seinem Slip in der Hand. Sein zusammengeschrumpfter Schwanz baumelte zwischen seinen Schenkeln. Marion schnappte sich eine Zigarette, steckte sie an und nahm einen tiefen Zug, ohne dies hin- und herpendelnde Stück Fleisch aus den Augen zu lassen. Er zog seinen Slip an.

»Wovor hast du Angst? Dass ich dir eine Szene mache?«

»Nerv nicht rum!«

Das hatte sie schon mal gehört. Dutzende Male. Sie sah auf die Uhr. Zehn nach fünf. Es war immer dieselbe Zeit, zu der sie nicht rumnerven sollte. Wenn die Seeleute an Bord gingen. Theo genauso wie die anderen.

»Ich dachte, du hast eine Woche Zeit?«

»Nerv nicht rum, sag ich dir. Das ist nicht der richtige Moment.« Er war in seine Jeans gestiegen, ohne sie anzusehen. Hatte es eilig. War mit seinen Schuhen beschäftigt, die er nicht fand. Die *Stella Lykes* würde um sieben Uhr den Anker lichten. Er wollte keine Zeit mit Erklärungen verlieren.

»Ich könnte dir einen Kaffee machen.«

»Gut, auf was wartest du noch! Hast du meine Schuhe gesehen?«

Sie lächelte immer noch. Der Typ war trotz seiner großen Klappe nicht so mies wie die anderen. Er hatte einen guten Kern. Das hatte sie gleich gespürt. Er reagierte auf Gefühle. Sogar jetzt noch. Seit Monaten war er der Erste, der in diesem Scheißhafen zärtlich mit ihr umging.

Sie erinnerte sich, wie er sie angesehen hatte, als sie im *Blauen Papagei* gesungen hatte. Die Blicke der Kerle kannte sie in- und auswendig. Der da, hatte sie sich gesagt, will nicht nur vögeln.

Sie hatte *Garota de Ipanema* gesungen, von Vinícius de Moraes und Antônio Carlos Jobim. Sie liebte die brasilianische Musik. Als sie irgendwann Maria Bethânia im Radio gehört hatte, hatte sie beschlossen, Sängerin zu werden. Wie alt war sie damals gewesen? Elf, zwölf Jahre? Sicher nicht älter. Fünfzehn Jahre später war sie der brasilianische Star auf den Galaempfängen der Betriebsräte, bei den Stadtteilfesten zum 14. Juli und in den Nachtbars. Wie hier. Für zweitausend Francs die Woche.

Mit geschlossenen Augen, das Mikro in beiden Händen und dicht an ihrem Mund, sang sie nur für sich. Sie dachte an die Version von Elis Regina, in Montreux. Und sie gab sich vollkommen hin. Ohne sich um die Musiker zu kümmern. Fünf Flaschen, mit denen sie seit sechs Monaten umherzog. Sie hatte nichts Besseres gefunden. Die auch nicht.

Ihr Körper bewegte sich kaum. Nur ein leichtes Wiegen in den Hüften. Ein Schritt nach links, ein Schritt nach rechts. Dann setzte sie das linke Bein vor und straffte sich ein wenig. Ihr hautenger Rock rutschte den Schenkel hoch. Alle Augen der an den Tischen sitzenden Schwachköpfe waren auf sie gerichtet. Sie wusste das. Die Kerle bekamen eine kollektive Erektion. Die Animierdamen nutzen den Moment, legten ihre Hand auf das Knie des Kunden und ließen eine neue Runde Whisky bringen. Dafür waren sie da. Und sie selbst auch. Die Seeleute aufgeilen, zum Trinken bringen. Und alles abzocken, was die armen Kerle in der Tasche hatten.

Aber an diesem Samstagabend war Marion das scheißegal. Sie sang nur für diesen Kerl. Er sah aus wie ein Schauspieler, der in einem Film von Wim Wenders mitgespielt hatte. Eine Geschichte mit Engeln. Zum Sterben schön, dieser Film. Wegen dieses Schauspielers war sie bis zum Schluss geblieben. Bruno Ganz hieß er. Das hatte sie beim Verlassen des Kinos festgestellt. Dieser Typ hier ähnelte ihm. Nicht wirklich schön, aber echt scharf. Der Engel aus dem Film, hatte sie sich gesagt. Und sie stellte sich seinen Schwanz genauso hart vor wie das Mikro, das sie in den Händen hielt. Sie umklammerte es noch fester. Mit geöffneten Lippen. Ein Schauer lief ihr über den Rücken.

»Da sind sie, deine Schuhe«, sagte sie.

Sie war aus dem Bett gestiegen und stand nackt vor ihm, in jeder Hand einen Schuh. Endlich sah er sie an. Du bist verloren, mein Lieber, dachte sie.

»Zieh dir was an«, antwortete er.

»Stört es dich, meinen Hintern zu sehen?«

»Das ist es nicht …«

Es war gemein von ihr, das zu tun. Aber sie wollte wissen, woran sie war. War es wieder ein Reinfall? Oder war dieser Theo anders?

Vor zwei Monaten hatte sie einem Typen die gleiche Szene gemacht. Luis. Ein Schweinehund von chilenischem Seemann. Er hatte ihr eine derartige Ohrfeige verpasst, dass sie aufs Bett geflogen war. »Ich hab dich gewarnt, nerv nicht rum!«, hatte er geschrien und die Tür zugeknallt. An dieser Ohrfeige hatte sie zwei Monate zu kauen gehabt. Mit niemandem geschlafen. Aber es war stärker als sie. Sie glaubte an »ihren« Seemann. Wie an einen guten Stern.

Theo legte seine Hand auf Marions Arm. Genau so wie gestern Abend. Nach der ersten Stunde. Pause. Pipi. Cola. Und einen kleinen Joint. Dann wieder los. Alles noch einmal, aber ganz langsam. Zuckersüße Stimme und bebender Hintern. Sie war an seinem Tisch vorbeigegangen, ohne ihn anzusehen. Er hatte sie am Arm festgehalten. Seine Faust war fest.

»Trinkst du ein Glas mit mir?«

»Ich trinke nicht mit dreckigen Matrosen.«

»Ich bin nicht dreckig.«

»Ich komme wieder«, hatte sie gesagt. Weil sie wirklich pinkeln musste.

Sie bat Mario an der Theke, ihnen etwas zu trinken zu bringen. Nicht seinen gepanschten Scotch, sondern Jameson.

»Das ist mein Revier«, meckerte Flo. »Wenn du auch auf den Strich gehen willst ...«

»Leck mich am Arsch«, hatte sie geantwortet. »Der Typ da ist für mich. Kapiert?«

Sie hatten getrunken, ohne zu reden.

*Sie glaubte, ihn zu »haben«, aber er war es, der sie besaß.*

»Wart auf mich«, sagte sie und stand auf.

»Vielleicht.«

»Das erste Lied ist für dich. Danach bist du frei.«

»Ich bin sowieso frei. Und ich hab nichts anderes vor.«

Sie hatte mit *I Can't Give You Anything But Love* begonnen. Jazz mochte sie auch. Vor allem Sarah Vaughan. Sie fuhr mit *Satin Doll* fort und dann mit *Tea for Two*, *Cabaret* ... Zum Schluss dann *On The Sunny Side Of The Street.* Theo war noch da. Vor ihm stand eine Flasche Jameson.

Als sie zurückkam und sich neben ihn setzte, schenkte er ihr ein Glas ein. Alles schien klar zu sein. Er. Sie.

»Willst du mich abschleppen? Ist es das?«, fragte er.

»Ich bin keine Hure.«

»Das trifft sich gut. Ich hab nämlich kein Geld, das ich für Huren ausgeben könnte.«

Sie hatten geredet, und sie selbst hatte getrunken. Seeleute erzählen gern. Von ihren Reisen. Vom Meer. Theo sprach vom Leben. Von sich. Er fuhr zu See, um gegen den Tod anzukämpfen. Er hatte viel erzählt, aber das war ihr in Erinnerung geblieben. Sie hatte die Augen auf Theo gerichtet. Sein Blick lag auf ihr. Ein abwesender Blick. Sie hatte sich in diesem Blick wieder erkannt.

»Weißt du, wo du schlafen wirst?«, fragte sie.

Er zuckte mit den Schultern.

»Am liebsten bei dir.«

Im Bett hatte sie sich an ihn geschmiegt. Ihren Kopf auf seinem unbehaarten Oberkörper. Sie liebte die Stärke und die Sanftheit, mit der er seinen Arm um sie gelegt hatte. Sein Geschlecht hatte sich an ihrem Bauch verhärtet. Sie hatte sich noch enger an ihn gedrängt.

»Ich bin müde«, murmelte er.

»Ich auch.«

Der erste Mann, der sich traute, ihr das zu sagen. Aber trotz ihrer Müdigkeit, trotz des Alkohols hatte sie Lust, zu vögeln. Zwei Monate. Ihre Hand war zwischen Theos Schenkel geglitten. Sie umklammerte seinen Schwanz mit ihren Fingern. Hart und sanft. Sie spürte, wie er zuckte, und packte noch etwas fester zu.

Sie erinnerte sich an die Lust, die sie zuvor beim Singen verspürt hatte.

»Soll ich deinen Schwanz lutschen?«

»Leben …«, sagte er matt, als ob er einen Gedanken fortsetzte. »Das Leben macht einen müde. Meinst du nicht?«

»Was redest du da?«

»Dreh dich um.«

Er stieß die Laken zurück.

»Theo …«

»Du hast wirklich einen schönen Hintern.«

Marion hielt immer noch die Schuhe in den Händen. Sie hatten sich beide nicht gerührt. Theos Augen waren in ihren Augen versunken. Hart und sanft, wie sein Schwanz.

»Ich wollte dir nicht auf den Wecker gehen, weißt du. Aber … Du kannst nicht einfach so gehen. Als ob ich nichts wäre.«

Ihr Herz schlug wie verrückt. Ihr Atem beschleunigte sich, und ihre Brüste schienen gewaltig anzuschwellen. Zu ihm hin. Noch nie hatte sie sich so schön gefühlt. Nein, sie hatte sich nicht getäuscht. Er war der Mann, den sie begehrte. Ihr Seemann. Der ihr helfen würde, durchs Leben zu kommen.

Allerdings hatte es da diese Lüge gegeben. Warum hatte er sie angelogen, was seine Abfahrt betraf, als er ihr so viele richtige Dinge gesagt hatte? Sie hatte geglaubt, ihn zu »haben«, aber er war es, der sie besessen hatte. Sobald er weg war, würde sie fix und fertig sein. Selbst wenn er versprochen hätte, in einem Jahr oder in sechs Monaten zurückzukommen. Keiner von den Seeleuten, die sie gekannt hatte, war zurückgekommen. Auf dem Meer sterben alle

Versprechen. Und in jedem Hafen der Welt wartet eine Marion auf »ihren« Seemann.

Sie war eine Verliererin. All diese Frauen waren Verliererinnen.

Auch die Seeleute. Die Seeleute sind verlorene Männer. Das hatte Theo gesagt. Gestern. Als sie spazieren gingen. Er hatte ihr seinen Frachter gezeigt. Die *Stella Lykes.* Neben dem schwarzen Schiffsrumpf hatte sie sich unendlich klein gefühlt.

»Theo«, sagte sie.

Und ließ die Schuhe fallen. Er hatte seine Jeans wieder aufgeknöpft. Seine Hände, unter ihrem Hintern, hoben sie hoch. Sie schlang ihre Arme um Theos Nacken. Sein Schwanz drang in sie ein. So heftig, dass es ihr ein wenig wehtat und sie fast sofort einen Orgasmus hatte. Wie er. Er legte sie sanft aufs Bett zurück, stieg in seine Jeans und sah auf die Uhr.

»Zu spät für den Kaffee«, meinte er und steckte sich eine Zigarette an.

Er setzte sich neben sie. Erschöpft. Abwesend, fast traurig. Ihr war kalt. Sie stand auf, zog sich ein T-Shirt über und kehrte zu ihm zurück, zu seinen Füßen.

»Ich liebe dich«, sagte sie.

Sie erkannte ihre Stimme nicht wieder. Sie kannte nicht einmal dieses Wort.

»Hier, nimm«, antwortete er und reichte ihr die Zigarette. »Rauch sie auf, ich muss los.«

Er stand auf und stieß sie zurück.

Ein verlorener Mann, dachte sie. Eine verlorene Frau. Immer den Kürzeren ziehen und sich selbst verlieren, ist das das Leben? Sag, Marion, ist es das?

»Wann kommst du zurück?«, fragte sie flehend.

Er griff nach seinem Seesack.

»Es hat keinen Zweck, sich Hoffnungen zu machen. Das weißt du doch, oder?«

»Warte!« Sie hatte fast geschrien. »Warte«, wiederholte sie leiser. »Ich möchte, dass du etwas von mir mitnimmst.«

Er lächelte. Ein schlaffes Lächeln. Resigniert.

»Wenn du willst.«

»Schließ die Augen.«

Sie wühlte in ihrer Handtasche. Die kleine Automatik war da. Lag kalt in ihrer Hand. Ein Geschenk, das sie sich einmal gemacht hatte. Nachdem ein Typ, ein dickes Schwein aus Deutschland, versucht hatte, sie zu vergewaltigen.

Sie trat an Theo heran. Er wartete mit geschlossenen Augen. Lächelte nicht mehr. Sie drängte sich an ihn. Die Automatik auf sein Herz gerichtet.

»Theo.«

Er sah sie an. Seine Augen waren wunderbar. Schwarz und auch klar wie der beginnende Tag.

»Ich wusste, dass du das tun würdest«, sagte er in dem Moment, als sie abdrückte.

»Was?«, heulte sie auf.

Aber es antwortete ihr nur das Echo des Schusses.

Theo brach zusammen. Und sie auf ihm.

Auf ihrem Seemann.

Tränen schossen ihr in die Augen, dabei hatte sie seit Jahren nicht mehr geweint. Die Tränen schienen ihre Quelle in Theos Herz zu haben. Dort, wo es so heiß an ihrer Brust war.

»Du hast Recht«, stammelte sie schluchzend. »Das Leben macht einen müde.«

Sie legte die Automatik an ihre Schläfe. Und drückte ab.

Dieses Mal zitterte ihr Finger nicht.

# Warten auf Gina

*Für Brigitte und Jean-Luc*

Sie waren in einer Pizzeria *Chez Michel* in der Rue d'Aubagne. Giovanni konnte die Augen nicht von der Kellnerin lassen. Eine kleine Braunhaarige, zum Anbeißen. Bestimmt genauso lecker wie die Pizza in seinem Mund. Er hörte praktisch nichts von dem, was sein Kumpel sagte. Pepi, ein Neapolitaner wie er. Ein bisschen natürlich schon, aber nur mit halbem Ohr, da seine Augen den Bewegungen der Kellnerin folgten. Ihre Blicke hatten sich gekreuzt. Und Giovanni hatte in ihren Augen gelesen, was er wissen wollte. Er war ihr nicht gleichgültig.

»He, Giovanni! Hörst du mir zu?«

»Na klar«, sagte er. »Du willst wissen, wie ich mich entschieden hab. Stimmts?«

»Und?«

Eigentlich hatte er nichts entschieden.

Pepi hatte ihm vorgeschlagen, seinen Urlaub mit ihm in San Giorgio zu verbringen, einem kleinen Fischerdorf in der Nähe von Neapel. Seit fünf Jahren, seit er einen guten Job hatte, fuhr Pepi mit seiner Frau Sandra und den beiden Kindern jeden Sommer dorthin. Im letzten Jahr war Giovanni bei Pepi gewesen und hatte ihm geholfen, das Dach des Familienhauses zu reparieren.

»Ich versprech dir«, nahm Pepi den Faden wieder auf, »wir arbeiten nicht. Einfach nur nichts tun …«

»Sandra hat mir gesagt, dass sie die Küche neu streichen will.«

»Die Küche ist schnell gemacht. Wir werden angeln gehen. Ich hab diesem armen Vincenzo sein Boot abgekauft.«

Pepi wartete auf eine Reaktion von Giovanni. Aber es kam nichts. Er schien in Gedanken verloren. In düsteren Gedanken, das konnte man aus seinem Gesicht ablesen. Pepi verstand Giovanni nicht. Er hatte alles, um glücklich zu sein. Er war schön, intelligent, Junggeselle, und es gelang ihm alles. Er ist wie sein Vater, sagte Sandra immer, alles, was er anfasst, verwandelt sich in Gold.

Sandra wusste, wovon sie redete. Sie hatte mit ihm geschlafen, ein Jahr lang, bevor sie Pepi heiratete. Sie erinnerte sich immer noch an Giovannis Hände auf ihrem Körper. Noch nie hatten die Zärtlichkeiten eines Mannes sie so schön gemacht. Aber Giovanni war ein Mann für die Liebe, kein Mann, den man heiratete. Das hatte sie ihm gesagt. Nicht die Liebe machte ihr Angst, sondern die Vorstellung, das Leben zu vergeuden. Nichts aufzubauen. Am Leben interessierte sie nur die Zukunft.

»Was mich antreibt«, hatte Giovanni geantwortet, »ist nicht, mich zu verheiraten, Kinder zu kriegen und all das … sondern die Liebe.«

»Die Liebe?«

»Lieben ist so etwas, wie in den Krieg zu ziehen. Man weiß nicht, ob man lebend zurückkommt.«

Sandra hatte sich schweigend wieder angezogen, rasch und indem sie ihm den Rücken zudrehte. Ihr war plötzlich klar geworden, dass sie ihr Leben mit Pepi verbringen wollte.

Giovanni hatte gelächelt, als sie gegangen war. Sie hatte nicht mal gewagt, ihn zu fragen, ob er sie liebte. »Ciao«, hatte sie gemurmelt. Auf dem Bett ausgestreckt, war er stundenlang liegen geblieben, hatte geraucht und auf die Tür gestarrt, die sie hinter sich zugezogen hatte. Hinter ihnen. Ihrer Liebe. Einer Liebe, die ihn ohne die geringste Verletzung zurückließ. So dachte er zumindest.

Das war vor zehn Jahren gewesen. Sandra war immer noch schön, aber sie war keine begehrenswerte Frau mehr. Weil sie selbst nicht mehr begehrte. Nicht wie diese Kellnerin, die mit einem hübschen Lächeln auf den Lippen an ihrem Tisch stehen blieb.

»Wünschen Sie noch etwas?«

Eine Formulierung, die Giovanni mochte.

Dann, er wusste nicht wie oder warum, begann sie, von ihren Ferien zu sprechen. Sie hatte ab nächster Woche Urlaub. Sommerpause. Es war das erste Mal, dass der Wirt so etwas machte, dass er für zwei Wochen die Pizzeria schloss. Sie wollte die Zeit nutzen und überlegte, in die Berge zu fahren. In die Alpen.

»Gefällt es Ihnen in den Bergen?«, mischte Pepi sich ein.

Sie zuckte mit den Schultern.

»Ich war noch nie dort. Und Sie?«, fragte sie Giovanni und blickte ihm tief in die Augen.

Sie hatte herrliche Augen. Schwarz. Glühend. Ob sie Männer wohl immer so ansah?, fragte er sich.

»Ich auch nicht. Mir graut davor, all diese Berge. An Ihrer Stelle würde ich nach Tunesien fahren.«

Er hätte wetten mögen, dass sie Tunesierin war. Keine Spanierin. Bestimmt keine Italienerin. Tunesierin.

Sie brach in Gelächter aus.

»Da komm ich doch her. Dorthin zu fahren, das wären ja keine Ferien.«

»Immerhin besser als die Alpen.«

Das hatte sie wahrscheinlich nicht mehr gehört, da sie bereits zum Nachbartisch gegangen war, um eine Bestellung aufzunehmen.

»Lass es sein, Giovanni«, sagte Pepi.

»Was?«

»Die Kellnerin. Lass sie in Ruhe.«

»Ich sag dir ganz offen, ich hab nichts entschieden.«

»Wegen der Kellnerin?«

»Nein, für den Sommer. Ob ich mit euch fahre.«

Pepi blickte Giovanni an und grinste: »Gina ... Gina hat gefragt, ob du mitkommst.« Er zwinkerte mit den Augen.

Genau das war es, was Giovanni Sorgen machte. Gina. Er musste ständig an sie denken. Kaum neunzehn Jahre alt. Er hatte ihr im letzten Sommer nicht widerstehen können. An dem Tag, als ihre Geschichte im Dorf bekannt geworden war, hatte es eine Keilerei gegeben. In San Giorgio war es nicht wie in den großen Städten, man hatte noch Prinzipien. Man schlief erst nach der Hochzeit miteinander. Ehen wurden meist zwischen gleichaltrigen jungen Leuten geschlossen. Und man hütete sich vor Junggesellen wie vor der Pest.

Während des ganzen Monats, den Giovanni im Dorf geblieben war, hatten die Männer ihn mit bösen Blicken verfolgt. Er hätte zum Liebhaber ihrer Frau werden oder, noch schlimmer, ihre Töchter entjungfern können. Sie wussten alle nur zu gut, dass die Liebe nur in Freiheit aufblühte. Giovannis Freiheit war ein Affront.

Und Gina war die Tochter des Bürgermeisters von San Giorgio. Das machte den Affront noch größer.

»Hat sie sonst noch was gesagt?«, fragte Giovanni besorgt.

»Nein, warum?«

»Nur so.«

»Verdammt hübsch, die Kleine ...«

Hübsch war nicht das richtige Wort. Gina war jenseits dessen, was Giovanni bei Frauen zu finden hoffte. Sie mochte die Verführung nicht, die der Liebe vorausgeht. Sie liebte die Liebe wegen der Liebe. Er erinnerte sich, wie sie bei ihrer letzten Begegnung in dem verlassenen Schafstall, in dem sie sich nachmittags trafen, gesagt hatte:

»Wir haben uns gefunden. Aber das löst nicht das Problem meines Lebens. Und deines auch nicht.«

Sie hatte das ohne jedes Gefühl gesagt. Ganz kalt. Er hatte gespürt, wie ihm dabei Schauer über den Rücken gelaufen waren. Er hatte noch nie darüber nachgedacht, was es bedeuten könnte, das Problem seines Lebens zu lösen. Er glaubte nicht, dass es jemals eine Lösung für irgendetwas geben könnte.

Die Weinflasche war leer.

Giovanni gab der Kellnerin ein Zeichen, indem er mit der Flasche winkte. Sie brachte noch eine. Wieder

*Über Giovannis Wangen liefen Tränen. Er schluchzte.*

einen Côtes-de-Provence, der hatte ihm schon immer am besten geschmeckt.

»Ist das ein Freund von Ihnen?«, fragte sie Pepi.

»Er heißt Giovanni und geht gern angeln«, scherzte er.

»Ich heiße Walissa und bin noch nie Angeln gegangen.«

Sie öffnete die Flasche, indem sie sie zwischen die Schenkel klemmte. Giovanni sah ihr zu.

»Der lässt sich trinken, nicht wahr?«, sagte sie und füllte erst sein und dann Pepis Glas.

Giovanni antwortete nicht. Es war nicht ihre Schuld, dass der Wein nicht ganz in Ordnung war. Sie hatten doch noch eine Flasche bestellt, also musste er gut sein. Er lächelte. Schon jetzt war er bereit, die Schwächen dieses Mädchens zu akzeptieren.

Walissa schien das zu ahnen. Giovanni spürte, wie ihre Hand seine Schulter streifte, als sie fortging.

Er wusste, dass sie ihn hinterher fragen würde: »Liebst du mich?« Und er würde Ja sagen, wie immer. Seit Sandra ihn verlassen hatte, hatte er zu allen Frauen Ja gesagt. Wie oft war er seitdem in einer solchen Situation gewesen? In einem Bett neben einer Frau aufzuwachen, die er kaum kannte, und sich jedes Mal dieselbe Frage zu stellen: Sollte er sich mit ihr verabreden oder sich rausreden, um sie nicht wiederzusehen?

Er fühlte sich plötzlich traurig.

»Denkst du an sie?«, fragte Pepi, als er ihn lächeln sah.

»An die Kellnerin?«

»Nicht doch! An Gina.«

Sie war ohne zu zögern in den Schafstall getreten und hatte sich noch in der Tür zu ihm gewandt.

»Ich hab Lust auf dich.«

Genau das hatte sie auch gesagt, als sie sich am Morgen davor auf dem Dorfplatz begegnet waren. Genau das, und ganz langsam, als ob sie ihn die Süße jedes einzelnen Wortes schmecken lassen wollte. Von sich aus hätte er Gina nie angesprochen. Er wusste, dass sie die Tochter des Bürgermeisters war.

»Auf dem Weg nach Aurive, nach dem Essen, ich werde da sein«, hatte sie hinzugefügt.

Er hatte dieses erste Treffen nicht vergessen können. Dieses erste Mal. Gina zog sich genauso langsam vor ihm aus, wie sie ihn angesprochen hatte.

»Es sollte immer so einfach sein, ins Bett zu gehen«, hatte er gesagt, als er sich, ebenfalls nackt, neben sie gelegt hatte.

Sie hatte gelacht. Er hob ihre Haare hoch und zwang sie, sich im Profil zu zeigen. Er betrachtete die Wölbung ihrer Hüften. Sie legte sich auf den Rücken und betrachtete ihn ihrerseits, als ob sie alles von ihm sehen wollte. Dann streckte sie sich mit leicht gespreizten Beinen aus.

»Ja, das ist wirklich ganz einfach mit uns beiden.«

Sie spreizte immer noch die Beine und ließ ihre Hände über sein Geschlecht gleiten.

»Nimm mich, jetzt gleich.«

Er hatte Angst. Zum ersten Mal.

»Ihr Vater«, fuhr Pepi fort, »hat mir gesagt, dass er nichts dagegen hätte, wenn du sie heiraten würdest. Trotz des Altersunterschieds. Er weiß, dass du wohlhabend bist.«

Giovanni hob die Schultern. Was zwischen ihm und Gina war, hatte nichts Menschliches mehr an sich. Das war Krieg. Der Krieg der Liebe. Ihre Körper gingen bis zur Erschöpfung. Bis einer von ihnen aufgab. Kapitulierte. Am Ende war der Tod. Denn zu kapitulieren war unerträglich für sie.

»Hör auf, Pepi.«

»Verdammt, was bist du doch kompliziert!«

Nein, alles war »ganz einfach«. Er hatte irgendwo gelesen, dass es eine Theorie gab, der zufolge der Mensch in einem Zustand des labilen Gleichgewichts lebt, das sich im Laufe der Jahre immer mehr stabilisiert, bis zum Tod. Dieses Gleichgewicht wünschte sich Giovanni mehr als alles andere, und zwar auf der Stelle. Es war in Ginas Körper. Sie wusste das. Sie war ihm ähnlich.

An einem Nachmittag hatte sie ein kleines Päckchen zum Schafstall mitgebracht.

»Was hast du gekauft?«

»Ein Messer.«

»Wozu?«

»Einfach nur so. Ich weiß nicht warum, aber immer wenn ich etwas kaufe, wird es irgendwann nützlich. Eines Tages.«

Sie öffnete das Päckchen und zeigte ihm das Messer. Ein wunderschönes Klappmesser mit einem beinernen Griff.

»Es gibt einen Typen in Luvaira, der sie herstellt. Du solltest dir eins kaufen.«

»Warum?«

Sie zuckte mit den Schultern.

»Vielleicht wirst du das eines Tages wissen.«

Sie hatte gelacht. Sie hatten sich geliebt. Aber Giovanni hatte sich kein Messer von dem Typen in Luvaira gekauft, den er eines Morgens aufgesucht hatte, um ihm bei der Arbeit zuzusehen.

»Möchten Sie ein Dessert?«, fragte Walissa.

»Für mich einen Kaffee.«

»Wir haben auch Tiramisu. Hausgemacht.«

»Das ist echt Klasse«, sagte Pepi, der hier Stammgast war.

»Nun gut«, gab Giovanni nach. »Tiramisu, und dazu Kaffee.«

»Für mich auch.«

Du weißt ganz genau, sagte sich Giovanni, während er Walissa anlächelte, dass es völlig idiotisch ist, hinter diesem Mädchen herzulaufen. Aber jedes Mal, wenn sie sich ihm näherte, spürte er ganz deutlich, dass er sie begehrte. Er begehrte sie genau in diesem Moment. Mit diesen Gerüchen von Schweiß, Zigaretten, Olivenöl und Pizza, die ihre Körper durchdrangen.

Seine Augen trafen sich erneut mit Walissas Augen. Sie gehörte ihm. Er brauchte nur die Hand auszustrecken. Und das würde nichts ändern an dem Treffen, das Gina im letzten Sommer festgelegt hatte. Das Einzige, was er im Leben ernst nahm, war die Liebe.

Er lächelte noch einmal dümmlich, als sie mit der Rechnung zurückkam.

»Lass nur«, sagte Pepi, »das übernehm ich.«

»Und, was ist mit diesen Ferien?«, fragte Giovanni. »Immer noch Richtung Alpen?«

Sie lachte.

»Ich glaube, ich bleibe hier. In Marseille. Ich kenne niemanden, der ins Gebirge geht. Und ich bin nicht gern allein unterwegs …«

Giovanni stellte sich den Geruch des Kaffees vor, und sie, Walissa, wie sie ihm übers Haar strich, mit der Gebärde eines Menschen, der nach vielen Jahren wieder zurückgekommen ist. Aber das war ein anderer Traum.

Walissa und er.

Er konnte sich ein Glück mit ihr vorstellen, ein schnell gemachtes Glück, für immer. Jede Liebe, dachte er, bringt ebenso viele Lügen wie Wahrheiten mit sich. In jedem Augenblick trifft ein Stück Lüge einer Liebesgeschichte auf ein Stück Wahrheit einer anderen Liebesgeschichte. Sie vermischen sich. Und treffen auf weitere, und …

In Walissas Augen gab es bereits diese Hoffnung. Eines möglichen Glücks, gewoben aus Wahrheiten und Lügen. Eines einfachen Glücks.

Er stand aufrecht vor ihr. Sie wartete auf ein Wort von Giovanni. Keine zehn Zentimeter trennten sie. Er sagte sich, dass das Begehren ein verdammter Hurensohn ist, dem man nicht immer vertrauen kann.

Sie fuhr mit der Hand durchs Haar. Mit einem angestrengten Lächeln auf den Lippen. Befangen.

»Dann mal schöne Ferien«, sagte Giovanni.

Vor dem Restaurant verabschiedete er sich von Pepi und versprach ihm, bald anzurufen. Dann tauchte er in die Rue Longue-des-Capucins ein. In die Menge. In die Gerüche seiner Stadt.

Dort dachte er schließlich an das Messer, das Gina in der Hand hielt. Sie hielt es gerade vor sich, ihre Finger umklammerten den Griff wie seinen Schwanz.

Mit Lust. Ja, er hatte ein Rendezvous mit ihr. Mit ihrem Körper. Mit der Messerklinge. Er spürte schon, wie es in voller Länge in ihn eindrang. Eine Handbreit, schätzte er.

Über Giovannis Wangen liefen Tränen. Er schluchzte. Frauen, mit einem Einkaufskorb am Arm, sahen ihn zärtlich an, aber keine hatte den Mut, ihm zu helfen.

# Hundehalter

Sie waren zu zweit. Ein Junge und ein Mädchen. Das Mädchen war näher gekommen und hatte Gianni gefragt, ob er Feuer habe.

Von dem, was kurz darauf geschehen war, wusste er nichts mehr. Oder zumindest fast nichts. Denn bevor ihm das geschah, sah Gianni sie an. Dieses Mädchen. Um ihren Hals trug sie eine Kette mit einem Hakenkreuz, das zwischen ihren Brüsten baumelte.

Dicke Titten, hatte er gedacht.

Genau das. Außerdem hatte sie noch grüne Augen. Ein verpisstes Grün.

Dann sah er den Typen, der sie begleitete. Rasierter Schädel. Drillichjacke. Ein Skinhead. Fast einsachtzig groß. Und gebaut wie ein Kleiderschrank. Gianni sah erneut das Mädchen an.

Sich zu prügeln machte Gianni keine Angst. Gewalt kannte er. Jahrelang hatte sie zu seinem Alltag gehört. In Italien. Er war ein bewaffneter proletarischer Kämpfer für den Kommunismus gewesen.

»Ein Staatsfeind, wie er im Buche steht«, hatte der Richter gesagt. »Ein Verbrecher.« Irgendwann hatte er sich vom Terrorismus verabschiedet. Ein anderes Leben in Frankreich angefangen, nach vielen Irrwegen. Mit Frau und Kind. Einem Job als Übersetzer. Und als »Politischer« eingestuft, sodass er nicht nach Italien zurückkonnte. Deshalb durfte er auch in keine Schlägerei geraten. Nur eine von vielen Einschränkungen.

»Nein«, hörte er sich antworten. Dabei zog er an seiner Kippe, einer Lucky Strike, die er angesteckt hatte, als er aus der Metrostation Réformé-Canebière kam.

»Ein echter Witzbold, was, du Arschloch!«, höhnte der Skinhead. Er schnalzte mit den Fingern, als er das sagte.

Giannis Körper hatte sich gestrafft. Bereit, sich zu verteidigen. Er ließ den Skinhead nicht aus den Augen. Er war sich sicher, dass er etwas unternehmen würde. Ein Faustschlag. Eine Ohrfeige. Er kannte sie, diese Arschlöcher.

Gianni ließ seine Zigarette fallen und überprüfte im Geiste die Stellung seiner Füße.

Der Skinhead war einen Kopf größer als er. Muskulöser. Und auch schwerer. Gianni sagte sich, dass er als Erster zuschlagen musste. Aber er wartete ab. Vielleicht konnte er es vermeiden, sich mit diesem Kerl zu prügeln.

Vor allem hatte er es eilig, nach Hause zu kommen. Fabienne wartete auf ihn. Der Junge war bei seiner Großmutter. Fabienne und er hatten sich ein Liebesfest versprochen. Ein Tête-à-Tête, bei dem man das Ehepaar vergisst und sich als Liebende wieder findet. Er hatte noch nie so geliebt, wie er diese Frau liebte.

»Tsss, tsss …«, stieß die Tussi zwischen den Zähnen hervor.

Gianni warf ihr erneut einen Blick zu. Sie hatte etwas von einer Schlange. Ein magerer, langer Körper. Ein kantiges Gesicht, fast ohne Lippen. Nur ihre Brüste deuteten darauf hin, dass sie eine Frau war.

Sie rührte sich nicht, er auch nicht.

Keiner bewegte sich.

Es gab ein tiefes Schweigen. Dicht wie die Ewigkeit. Dann pfiff der Skinhead. Ganz einfach. So wie man nach einem Hund pfeift.

Gianni spürte den Stoß in seinem Rücken. Gewaltig. Seine Lunge schien zu bersten. Es fehlte ihm die Luft, um zu reagieren. Das Gewicht des Hundes lähmte ihn. An ihn geklammert, die Pfoten auf seinen Schultern. Gianni fiel zu Boden.

Er versuchte, auf die Seite zu rollen. Vergeblich. Der Hund hielt ihn am Boden fest. Seine geifernde Schnauze war jetzt über seinem Gesicht.

Gianni machte keinen Mucks.

Er kannte diese Schäferhunde. Wachhunde des Kapitalismus, hatten sie damals gesagt. Die Hunde all dieser Polizisten. Die Hunde dieser Faschistenstaaten. All dieser bürgerlichen Ängste.

Er schloss die Augen. Um wieder zu Atem zu kommen. Sich zu beruhigen.

Er musste sich einfach beruhigen.

Gut, er hatte sich verarschen lassen.

Sein Leben zog vor seinen Augen vorbei. Kaum eine Minute, um vierzig Jahren Scherereien wiederzubegegnen. Bis zu Fabienne. Fabienne bei der Liebe. Fabienne und das Kind. Fabienne, die ihn mit einem Lächeln auf den Lippen erwartete.

Der Geifer des Hundes tropfte auf seine Lippen. Er war versucht, zu spucken. Bei einem Verhör hatte er das erste Mal auf einen Bullen gespuckt. Aber er spuckte nicht auf den Hund. Er wartete. Fragte sich: Sieht so mein neues Leben aus? Die Erniedrigung durch diese verfickten Arschlöcher von Skinheads hinnehmen?

Die Lust, sich zu schlagen. Zu töten.

Er rührte sich nicht. Wartete ab. Schloss die Augen.

In Marseille war es wie in seiner Heimat. Fast wie in einer Familie. Alles sprach zu ihm in seiner Muttersprache. Er lebte in dieser Stadt mit der Gewissheit, dass das Unmögliche nie geschehen würde.

*Er fragte sich: Sieht so mein neues Leben aus?*

Nach und nach hatte er alle Sicherheitsregeln verlernt, die man ihm beigebracht hatte. Auch seine Paranoia vergessen. Jemand, der einen auf der Straße verfolgt. Ein Brief, der geöffnet ankommt. Eine Frau am Telefon, die sich entschuldigt, eine falsche Nummer gewählt zu haben ... All das.

Er war zu einem ganz normalen Mann geworden. Mit einer normalen Frau. Einem normalen Kind. Mit normal verdientem Geld. Und schließlich einem ruhigen Schlaf.

Er schlug die Augen wieder auf. Der Hund war wie auf ihm festgeklebt.

Das Mädchen kniete sich nieder und durchwühlte die Taschen von Giannis Lederjacke. Sie fand sein Feuerzeug. Ein Dupont, das er vor kurzem von Fabienne zum Geburtstag bekommen hatte.

Das Mädchen steckte sich die Kippe an und stopfte das Feuerzeug in ihre Tasche.

»Siehst du, du hast ja doch Feuer, du Arsch!«

Gianni antwortete nicht.

Er sagte sich, dass schließlich irgendjemand sehen musste, was dort geschah, auf dem Gehsteig, zwei Schritte vom Metroeingang entfernt. Aber die Leute gingen in die Metrostation oder verließen sie, ohne zu ihnen hinzusehen. Zu ihm. Er klammerte sich an die Hoffnung, dass ein Polizeiwagen auftauchen würde.

Er sah aber nichts dergleichen.

Er konnte nur auf sich zählen. Das hatte er auch verlernt. Nur auf sich selber zu zählen. Er sammelte seine Kräfte. Spannte die Muskeln an. Aufspringen. Sich wegrollen. Sich bewegen. Irgendwie.

Aber schnell.

Das Mädchen kniete immer noch neben ihm. Sie zog ein letztes Mal an ihrer Zigarette. Dann drückte sie brüsk die Kippe auf Giannis Stirn aus.

Er schrie. Der Hund knurrte noch lauter.

Sie stand auf.

»Auf gehts, los«, sagte sie zu ihrem Kumpanen.

»Fass!«, rief er.

Und die Schnauze des Hundes biss sich in Giannis Hals fest.

# Falscher Frühling

*Für Godeleine und Jean-Paul*

Osman saß auf der Bank. Seit einem Monat kam er jeden Tag und setzte sich auf dieselbe Bank. Wenn sie von anderen Personen besetzt war, ging er einfach weiter, so lange, bis ein Platz auf der Bank frei wurde. Einmal musste er sieben Runden durch den Park drehen. Zwei Stunden lang, mit den Händen auf dem Rücken.

An der Bank war nichts Außergewöhnliches. Es gab eine Menge ähnlicher Bänke in diesem Park und sicherlich auch in allen anderen Parks von Marseille. Aber Osman hatte beschlossen, dass dies seine Bank war. Ganz einfach.

An den ersten Tagen, als er hier im Borély-Park spazieren ging, hatte er festgestellt, dass jeder seinen eigenen Platz zu haben schien. Die Alten, die allein stehenden Frauen, die Mütter mit ihren Kinderwagen. Die Leute, die auf einer Bank saßen, unterhielten sich wie eine Familie. Sie lachten zusammen, und manchmal umarmten sie sich, bevor sie fortgingen.

»Ist dieser Platz frei?«, hatte er beim ersten Mal gefragt.

Die junge Frau gab ihrem Baby gerade das Fläschchen.

Sie hatte zu ihm aufgesehen.

Osman mochte ihre Augen und ihr Lächeln. Alles so freundlich. In der Stadt traf er meist auf andere Blicke, harte, feindselige. Er wusste, dass es nicht daran lag, wie er aussah – er kleidete sich, wie viele andere mit bescheidenem Einkommen, auf dem La-Plaine-Markt ein: Leinenhosen für fünf Francs, drei Hemden mit bunten Karomustern für zehn Francs –, sondern daran, was er war: ein eingewanderter Arbeiter, genau genommen ein arbeitsloser Einwanderer.

»Ich glaub schon.«

»Danke«, hatte er gesagt.

Und sich schüchtern ans Ende der Bank gesetzt.

Erst später hatte er gewagt, etwas mehr Platz auf der Bank einzunehmen, indem er jedes Mal, wenn er die Beine übereinander schlug und wieder auseinander nahm, ein Stückchen weiterrückte. Einmal, als die junge Frau ihm einen längeren Blick zuwarf, hatte er Angst, sie könnte Angst vor ihm haben.

»Es ist schön hier«, hatte er gesagt, um nur etwas Beruhigendes zu sagen.

»Ja.«

Dann hatte sie nach Marius und Antonin gerufen,

ihren beiden anderen Kindern, die sich damit vergnügten, mit Erdklumpen nach den Tauben zu werfen. Es waren schöne Kinder. Osmans Sohn war gerade fünf geworden. Dasselbe Alter wie der keine Antonin, oder fast. Er hieß Gülhan. Auch er war schön. Antonin war zu seiner Mutter gelaufen, und Osman hatte an Gülhan gedacht, den er nicht hatte aufwachsen sehen.

Aysel, seine Frau, hatte nichts gesagt, als er ihr mitgeteilt hatte, dass er fortgehen würde. Es hatte auch nichts zu sagen gegeben. In Bilcenik, seinem Dorf in Anatolien, war er der letzte dreißigjährige Mann gewesen. Alle anderen waren fortgezogen. Sie schickten ihren Familien jede Woche etwas zum Überleben, und eines Tages würden sie mit den Taschen voller Geld zurückkehren. An jenem Tag war Gülhan einen Monat alt geworden. Seitdem hatte er ihn nicht mehr gesehen. »Du hast einen schönen Sohn«, schrieb Aysel in ihren Briefen. Aber er, Osman, konnte sich seinen Sohn nicht vorstellen.

Osman streckte die Beine aus. Er sah sich um. Inzwischen kannte er fast alle regelmäßigen Besucher des Parks und der Bänke bei ihrem Vornamen, auch wenn keiner von ihnen mit ihm sprach. Er nährte sich vom Leben der anderen, von den Geschichten, die er hörte.

Jocelyne, die junge Mutter, war die Einzige, die die Bank mit ihm teilte. Zumindest wenn er schon dort saß. Später kamen andere Leute. Eine weitere Frau mit Kindern, älter als Jocelyne, und eine Dame, die seine Mutter hätte sein können.

Osman hatte das eines Tages gemerkt, als er eine Viertelstunde, nachdem er die Bank verlassen hatte, zurückgekehrt war. An der Bushaltestelle war ihm eingefallen, dass er die Papiertüte für sein Mittagessen vergessen hatte. Er brachte immer eine Tomate, etwas Obst, ein Stück Brot und manchmal ein Stückchen Schafskäse mit. Er wollte nicht, dass man ihm vorwarf, seinen Abfall nicht in einen der kleinen grünen Mülleimer im Park geworfen zu haben. Die Papiertüte lag als zusammengeknüllte Kugel neben der Bank auf dem Boden. Zweifellos von der alten Dame beiseite geworfen.

»Entschuldigen Sie bitte«, hatte er gesagt, als er die Papierkugel aufhob.

Die alte Dame hatte ihn nicht mal angesehen. Die andere Mutter auch nicht. Jocelyne hatte gelächelt. Sie hat mir zugelächelt, hatte er gedacht. Und seitdem empfand er, auch wenn er kein Gespräch mit ihr anzufangen wagte, große Zuneigung für diese junge Frau.

Die Tage vergingen, und Osman hatte den Mut gefasst, mit Marius und Antonin zu sprechen, mit

*Es tat ihm Leid, dass er die Ruhe des Parks gestört hatte.*

ihnen zu spielen. Oft verzichtete er darauf, sich Obst zu kaufen, damit er immer ein paar Bonbons in der Tasche hatte. Kinder lieben Menschen, die ihnen Bonbons schenken. In allen Ländern.

»Darf ich sie ihnen geben?«, hatte er Jocelyne gefragt, als er zwei große Lutschstangen hervorzog.

Das war am Vortag gewesen.

»Ja, wenn Sie möchten.«

Marius und Antonin schwebten im siebten Himmel.

»Was sagt man?«, hatte Jocelyne sie ermahnt.

Osman hatte das Recht auf zwei Dankeschöns und zwei Küsschen. Es war das erste Mal seit fünf Jahren, dass Kinder ihn umarmten. Ihm war warm ums Herz. Es ist doch noch nicht alles verloren, hatte er gedacht.

Und am Abend, in seinem kleinen möblierten Zimmer in der Rue Consolat, begann er wieder zu hoffen. Zu glauben, dass er Arbeit finden würde. Zu träumen, dass Aysel und Gülhan endlich doch zu ihm nach Marseille kommen könnten. Er war eingeschlafen, während er sich vorstellte, wie er mit ihnen zusammen im Borély-Park wäre, überglücklich, dass er Aysel Jocelyne und Gülhan Marius und Antonin vorstellen könnte.

Denn das würde er bestimmt tun.

Die Sonne war angenehm an diesem Tag, eine schöne Frühlingssonne. Er hatte ein Stück Pizza gegessen, das er von einem fliegenden Händler am Strand gekauft hatte, und war eingenickt, als er darüber nachdachte, wie er seine Familie kommen lassen könnte.

Osman wusste nicht, wie er das anstellen sollte. Er war illegal über die italienische Grenze nach Frankreich gekommen. Über die Berge. Er hatte viel Geld für einen Fluchthelfer bezahlt, der ihn mitten auf dem Weg im Stich gelassen hatte. Dann hatte er einen zweiten bezahlt, in Ventimiglia. Diesmal handelte es sich um einen ehrlichen Mann, einen alten Bauern. Aber er glaubte nicht, dass Aysel und Gülhan denselben Weg nehmen könnten. Eine ganze Nacht durch schwieriges Gelände marschieren, und dann noch ein Maultierpfad, der in einer düsteren Schlucht aufstieg und in einem Schotterfeld endete.

Nein. Er träumte von einem Zug für sie, und von einem Touristenvisum. Aber konnte man ein Touristenvisum bekommen, um jemanden zu besuchen, der nicht einmal eine Aufenthaltserlaubnis hatte? Er musste sich bei einer Organisation erkundigen, die sich um Leute wie ihn, die *sans-papiers,* kümmerte. Und fragen, wie er das mit Aysel und Gülhan hinkriegen könnte.

Er schlug die Augen auf und sah, wie Jocelyne und die Kinder kamen. Ein Mann begleitete sie. Sie zeigte mit dem Finger auf die Bank. Und auf Osman. Sie kamen auf ihn zu. Jocelyne lächelte ihn nicht an, als sie bei ihm ankamen.

»Tag«, sagte Antonin.

»Bring die Kinder weg«, sagte der Mann zu Jocelyne.

»Er hat nichts gemacht, Georges«, antwortete sie zaghaft.

»Geh spazieren, hab ich gesagt!«

Jocelyne entfernte sich, die Augen auf den Kinderwagen gerichtet, den sie wütend vor sich herstieß. Marius und Antonin folgten ihr, die Köpfe Osman zugewandt.

Osman war aufgestanden.

»Ich bin ihr Mann.«

»Guten Tag«, sagte Osman und streckte seine Hand aus.

Georges' Blick gehörte zu denen, die Osman nicht mochte. In diesem Blick gab es keinen Platz für ihn. Weder im Leben noch auf einer Parkbank.

Osmans Hand ragte ins Leere.

»Du magst anscheinend Kinder.«

»Ja, Monsieur. Und Ihre sind wunderschön.«

»Schweinehund!«, schrie Georges, und er rammte mit Wucht sein Knie zwischen Osmans Beine.

Der Schmerz ließ ihn zusammensinken. Ein Faustschlag richtete ihn wieder auf. Er brach auf dem Boden zusammen, keuchte. Wie auf dem Gebirgspass mit dem Fluchthelfer.

»Haben Sie eine Adresse in Marseille?«, fragte er ihn, als er einen Moment innehielt.

»Ich schlag mich so durch«, antwortete Osman.

Von Anfang an hatte er sich irgendwie durchgeschlagen. Zuerst in Toulon. Dann hier, in Marseille. Allein. Vielleicht ein wenig zu stolz.

Ein Fußtritt in die Rippen ließ ihn hochschrecken. Leute standen um ihn herum. Er hätte gern gelächelt. Guten Tag gesagt. Sich entschuldigt. Ein Irrtum, das war ein Irrtum. Es tat ihm Leid, dass er die Ruhe des Parks gestört hatte.

»Er hat meine Kinder belästigt«, sagte Georges und versetzte ihm einen weiteren Fußtritt.

»Ich hab gesehen, wie er es angestellt hat«, sagte eine Frauenstimme.

»Sind doch alles nur Kinderficker, diese dreckigen Türken.«

Mit geschlossenen Augen suchte Osman verzweifelt nach einem Bild von Gülhan. Das einzige, das ihm in den Sinn kam, war das von Antonin. Er lächelte ihm zu.

»Antonin«, murmelte er.

Er war plötzlich jenseits des Schmerzes. Die Fußtritte trafen ihn am ganzen Körper. Alle schienen sich daran zu beteiligen. Sich auf ihn zu stürzen. Irgendwann meinte er, einen letzten Tritt zu spüren. Aber er konnte das nicht überprüfen. Seine Milz war geplatzt.

Er hörte auch nicht mehr, wie Antonin Jocelyne fragte:

»Sag, warum ist der Mann ein Bösewicht?«

# Am Ende des Quais

*Für Marie-Hélène*

Die Quais waren Gérards Leben. Dort hatte er schon immer gelebt. Am Quai des Joliette-Hafens, unterhalb der *Bar de l'Espérance*. Dort hatte er auch gearbeitet. Wie sein Vater. Hafenarbeiter.

Gérard wollte sich nicht mehr an diese Jahre erinnern. Nicht an diesem Abend. Denn an diesem Abend war es zu spät, das wusste er. Selbst wenn er nicht wusste, wie er so weit gekommen war, auf Grund zu laufen und voll und ganz unterzugehen. Gérard hatte gegrinst, als er gehört hatte, wie Vigouroux, der ehemalige Bürgermeister, erklärt hatte: »Sozialplan hin oder her, ich kenne keinen Hafenarbeiter, der zum Bettler geworden ist.« Das war vor vier Jahren gewesen und hatte damals möglicherweise auch gestimmt. Aber heute kannte Gérard einen, nämlich sich selbst.

Gut, schon richtig, er bettelte nicht wie all diese jungen Leute, die er in der Metro oder vor dem Postamt sah. Er hatte noch genug, um sich etwas zu essen beschaffen zu können und einige Pastis bei Jeannot zu trinken.

»He! Hörst du mir zu?«

»Verdammt, Jeannot! Was hab ich mit dem neuen Alfa Romeo zu tun? Das sind doch Autos, die du und ich uns nie im Leben leisten können.«

»Scheiße! Man kann doch wohl darüber reden, oder?«

»Los, schenk uns ein!«

Er musste nach Hause, sich schlafen legen. Hatte seine Dosis zum Schlafen intus. Heute Abend sogar etwas mehr als seine Dosis. Er sah auf die Pendeluhr. Zehn nach zehn. Er war schon über zwei Stunden hier.

»Schon zehn Uhr«, sagte er niedergeschlagen.

»Wieso, hast du ein Rendezvous?«, scherzte Jeannot.

»Blödmann!«

Rendezvous hatte er gehabt. Als er noch eine volle Lohntüte hatte. Fünfzehntausend hatte er gemacht. Die Frauen fielen nur so in seine Arme. Er nahm sie mit zu *Chez Larrieu,* in L'Estaque. Oder zu *Chez Fonfon,* wenn er wirklich bei einer Eindruck schinden wollte. Er bevorzugte Wasserstoffblondinen. Bei *Fonfon,* im Vallon des Auffes, lief es echt gut mit den Frauen. Sie träumten alle davon, ihren Hintern dort hinzusetzen. Danach führte er sie ins *Son des Gui-*

*tares* an der Place de l'Opéra. Baby and baby. Der absolute Hammer.

Das war *la dolce vita*.

»Fünfzehntausend hab ich gemacht. Kannst du dir das vorstellen?«

»Das hab ich nie geschafft. Höchstens zehn. Und beim Pferderennen gings mir genauso wie dir.«

»Du hast gut reden! Hinter deiner Theke ... Du weißt gar nicht, was es heißt, zu schuften. Der Hafen ...«

»Das war was anderes, ich weiß. Vielen Dank. Trotzdem, damals ... Wenn ich heute sechstausend mache, bin ich glücklich.«

»Und wenn es so weitergeht, bist du morgen pleite. Dann hast du gar nichts mehr, Jeannot.«

»Quatsch! Morgen wimmelt es hier nur so von Touristen. Nicht diese Dunkelhäutigen, sondern Leute, die richtig Knete haben. Deutsche, Amerikaner, Japaner ...«

Der neue Traum. Die Umgestaltung des Hafens. Die großen Luxuskreuzfahrtschiffe, die in Marseille anlegen. Ja, man sprach von nichts anderem mehr. Vor uns ein gewaltiger Touristenhafen. In L'Estaque ein neuer Freizeithafen. Wie nannten sie das noch im Rathaus? Wiederbelebungsplan. Das hatte Gérard letztes Jahr in der Zeitung gelesen. Gut, hier, mit all diesen Pastis, erinnerte er sich nicht mehr so richtig. Aber er wusste noch, dass es unter all den vorgeschlagenen Maßnahmen keine einzige gab, die sich mit den Hafenarbeitern beschäftigte. Es ging nur um Unternehmensentwicklung, Bodenpolitik, Schlüsselsektoren, Tourismus, Geschäfte. Und Kommunikation. Ja, man musste kommunizieren, um attraktiver zu werden. Gérard fand all das lächerlich. Leute zu bezahlen, die über die Arbeit der anderen sprachen.

»Arbeit ist nicht attraktiv …«

»Hä?«

»Oh! Und du sagst mir, ich hör nicht zu!«

»Ja, gut, Arbeit gibts nicht mehr. Aber …«

»Und ich sage, wo es noch welche gibt, muss man sie verteidigen. Punkt. Und da gibt es nichts zu diskutieren! Wie Gilbert sagt, als wir gekommen sind, gab es einen Teller und Besteck. Und so muss es auch für die sein, die noch kommen.«

Hafenarbeiter. Ja, sie hatten gekämpft. Für ihre Arbeit, und für den Hafen. Und waren nichts als Skepsis begegnet. Um nicht zu sagen allgemeiner Gleichgültigkeit.

Was sich in den letzten Jahren durchgesetzt hatte, war die Meinung der Eliten in der Stadt. Diejenigen, die im Fernsehen und in den Zeitungen zu Wort kamen. Der Hafen stirbt, war das Leitmotiv. Daraus

*Die Träume der Stadt passten nicht mehr zu seinen Träumen.*

hatten sie in den Medien einen Verkaufsschlager gemacht. Das ließ sich genauso gut vermarkten wie der Dauerbrenner Olympique Marseille gegen Valenciennes! Und die Schuld hatten immer sie, die Hafenarbeiter. »Es ist abwegig, ein Huhn zu schlachten, das goldene Eier legt. Und das nur wegen tausend oder tausendfünfhundert Personen.« Den Hafenarbeitern.

Als Gérard noch jung war, als er zum ersten Mal um halb sechs Uhr morgens auf Schicht ging, waren die Hafenarbeiter die Zukunft der Stadt. Wenn er heute außerhalb des Joliette-Viertels von Hafenarbeitern sprach, spürte er schon, wie den Leuten das Wort »Totengräber« durch den Kopf ging. Von 1982 bis 1987 hatte man vierhundert Hafenarbeiter durch Sozialpläne abgeschafft. Dann kam die »Katastrophe« von 92. Man feuerte die Alten. Die noch wussten, wie es lief. Wie er.

Eines Tages wurde Gérard nicht mehr gebraucht. Nach fünfzehn Jahren bei Intramar, als Vorarbeiter. Nicht genügend anpassungsfähig, hatten sie ihm bei der Verladefirma gesagt. Nicht genügend anpassungsfähig. Schwarzes Schaf. Totengräber des Hafens.

»Es ist eben nicht mehr so wie früher«, sagte Jeannot, um überhaupt etwas zu sagen.

Und er schenkte noch eine Runde Pastis ein. Wie Lulu gesagt hatte, bevor sie fortging: »Du wirst deine Bar noch selber austrinken!« Ja, hatte er ihr geantwortet, aber besser, ich trinke sie aus als das Finanzamt!

»Früher hattest du auch keine Schnellstraße mit diesen verdammten Straßenkreuzern vor der Nase. Scheiße!«

Gérards Fenster gingen auf die Schnellstraße. Wenn er die Fensterläden öffnete, konnte er seine Nase mitten zwischen die Autos stecken.

Allerdings hatte er die Fensterläden schon lange nicht mehr geöffnet. Aber er hatte jetzt nichts anderes mehr, über das er sich aufregen konnte. Morgen oder übermorgen würden die Gerichtsvollzieher bei ihm anklopfen und ihn rauswerfen. Auf die Straße. Er hatte schon seit Monaten keine Miete mehr bezahlt. Verdammt nochmal, ich zahl doch nicht für eine Bude, wo ich nicht mal die Fenster öffnen kann! Das hatte er eines Abends gesagt. Seitdem vertrank er seine Miete lieber. Bier, Pastis, Rosé, Bier, Pastis, Rosé. In zwei Schichten. Wie früher bei der Arbeit. Nur dass er die Zeiten geändert hatte. Es hieß nicht mehr 5.30 bis 12.30 Uhr, sondern 10.30 bis 18.30 Uhr. Bier, Pastis, Rosé. Bier, Pastis, Rosé.

»Glaubst du, dass sie die Schnellstraße abreißen werden?«

»Alles ... die werden alles wegmachen. Die Schnellstraße, die Hafenbecken J3 und J4, die Araber, dich, die Bar ... Eines Tages wachst du auf und bist nicht mehr zu Hause. Das wird zum reinsten Nizza, nur viel größer und noch bescheuerter! Und als Erstes kriegst du einen Bürgermeister vom *Front National.*«

Jeannot wurde nachdenklich. Das konnte er sich einfach nicht vorstellen. Absolut nicht. Und dann verwandelte sich der Pastis in seinem Kopf von Gelb in Grau.

»Ja«, sagte er traurig.

»Was Ja?«

»Du solltest nach Hause gehen, Gérard. Ich glaub, ich mach gleich zu.«

Gérard steckte sich auf der Straße eine Zigarette an und ging mit zögerlichen Schritten bis zu seiner Haustür. Er hörte, wie Jeannots Eisenrollgitter runterging. Wie ein Fallbeil. Auf ihr Leben, auf seins und Jeannots. Aber Jeannot kriegte von all dem nichts mit. Jeannot lebte von Hoffnungen. Schon immer. Selbst als Lulu abgehauen war und ihre kleine Tochter mitgenommen hatte, hatte Jeannot den Mut nicht verloren. Das Leben geht weiter, hatte er gesagt. Aber

Jeannot hatte die Bar. Er, Gérard, hatte nichts. Nicht mal die Erinnerung an eine Frau, die ihm Hörner aufgesetzt hatte.

Schwer pflanzte er seinen Hintern auf die Stufen vor der Haustür und rauchte seine Kippe. Um nachzudenken. All das ging ihm schon viel zu lange durch den Kopf. Und jedes Mal, wenn er eine Lösung für seine Probleme sah, fiel das Beil auf ihn herab. Wie Jeannots Eisengitter.

An diesem Abend hatte er sich gesagt, dass er morgen früh zu Gilbert von der Gewerkschaft gehen sollte. Dass der ihm bestimmt helfen, ihm einen Rat geben könnte, irgendwas, nur ein Wort, um mal was anderes zu hören als Jeannots Geschwätz. Und sein eigenes, das er im Takt der Aperitifs von sich gab. Das er in seiner Scheißrübe wiederkäute. Dieses dämliche Gewäsch. Wegen all dem hatte er Lust, mit Gilbert zu reden. Nicht etwa wegen der Gerichtsvollzieher, das nicht. Wer schon mal die Bereitschaftspolizei am Arsch gehabt hat, hatte vor Gerichtsvollziehern keine Angst mehr. Er würde sich schon arrangieren. Auch hatte er noch ein bisschen Geld auf der hohen Kante, also sollten sie sich gedulden, diese Blutsauger. Und dann, verdammte Scheiße, wenn nichts mehr ging, würde er eben bei Jeannot schlafen, in der Bar.

Jedenfalls würde er die ganze Nacht kein Auge

mehr zumachen können. Die Sorgen, die Autos. Selbst nach zwanzig Pastis und zwei Flaschen Rosé ging es nicht mehr.

Er stand auf. Er würde nicht zu Gilbert gehen. Das hatte keinen Sinn. Er war nur noch ein Suffkopf. Was konnte man einem Säufer raten? Außerdem hatte er schon lange keinen Fuß mehr ins Gewerkschaftsgebäude gesetzt. Zuletzt beim Streik im Jahre 93. Eine Ewigkeit her. Also, was sollte das bringen, einfach so in Gilberts Büro zu marschieren.

Er ging über die Straße und schlenderte langsam hoch zum Bahnhof im Joliette-Hafen. Am Eingangstor grüßte er den Wachtposten mit einer kleinen Handbewegung. Dann betrat er das Hafengelände. Sein Zuhause. Man hatte sich allmählich an Gérard gewöhnt. Er kam oft am Abend oder in der Nacht vorbei und spazierte über die Quais. Vor allem im Sommer. Er wollte nicht mit geschlossenen Fenstern schlafen. Und wenn die Fenster offen waren, war es, als ob die Autos ins eine Ohr rein- und zum anderen wieder rausfuhren.

Gérard ging an den Hafenbecken entlang, ohne einen Blick auf die Fähren zu werfen. Er hatte nur einen Gedanken im Kopf: bis zum Hafenbecken J4 gelangen. Beim Vorübergehen stellte er fest, dass das

Innere des Schuppens von J3 völlig verwüstet war. Wahrscheinlich würde er bald gesprengt werden, dachte er.

Der J4-Turm kam näher. Marseille war im Begriff, nach der Zeit der glanzvollen großen Überseegesellschaften ein neues Kapitel aufzuschlagen. Was würden sie danach aus dem Hafen machen? Da hatte er nicht die geringste Idee. Knete, das war schon mal sicher. Das war das Einzige, was heute zählte. Geld. Alle stopften sich die Taschen voll. Die Stadtplaner, die Baulöwen, die Architekten, die Werbefritzen …

Vielleicht würden sie den Hafen endlich für die Bewohner von Marseille öffnen. Bei diesem Gedanken musste er gerührt lächeln. Davon träumten alle. Die Alten und die Jungen. Es hatte eine Umfrage gegeben. 94 Prozent der Leute waren für die Öffnung der Hafenfront zum Meer. Der jetzige Bürgermeister hatte sich im Stadtrat dafür eingesetzt. »Dabei müssen allerdings die wirtschaftlichen Interessen geschützt werden«, hatte er präzisiert. Natürlich. Es muss immer etwas geschützt werden. Man muss sich vor den Leuten schützen, die immer zu viel wollen, die immer was zu meckern haben, die immer zu viel träumen. Als ob sie Schweine wären, die alles fressen, was sie kriegen.

»Wir sind keine Schweine!«, brüllte er in die Nacht.

Das brachte ihn zum Lachen. Die Hafenfront zum Meer zu öffnen, das war der Zuckerguss für die bittere Pille. Sie würden sie schlucken müssen. Die Projekte waren da, fix und fertig in ihren schicken Aktenordnern. Das hatte er noch am Morgen in der Zeitung gelesen. Der Hafen war befriedet worden. Morgen würde auch Marseille befriedet werden. Zum Schluss würde man etwas Farbe auf die Häuser, die Mietskasernen schmieren, und das Spiel war gelaufen. Marseille würde schön, sauber und neu sein.

Eine andere Stadt. Ein anderes Leben.

Er setzte sich ans Ende des Quais. Die Füße baumelten über dem Wasser. Hinter ihm ragte die düstere, graue Silhouette des J4-Turms auf. Das letzte Phantom der Stadt. Gérard war nicht nostalgisch. Nur traurig. Und erschöpft. Die Träume der Stadt passten nicht mehr zu seinen Träumen. Zum ersten Mal fühlte er sich fremd bei sich zu Hause. Auf den Quais. Und folglich in seinem Leben.

Er warf seine Zigarette ins Wasser, nachdem er einen langen Zug genommen hatte, der ihm die Finger verbrannt hatte. Es war eine verdammt schöne Herbstnacht! Der Geruch, der vom Meer aufstieg, war der schönste Geruch, den er kannte. Und heute roch es besonders gut. Eine Möwe flog schreiend an ihm vorbei.

Gérard stürzte ins Wasser. Er konnte nicht schwimmen. Das hatte er nie gelernt.

# Im *Lume di Luna*

*Für Véro und Cédric,*
*Régis, Mathieu und François,*
*und für Sonia und Gilles*

Aurore ließ sich durch den Kopf gehen, was Bruno eben gesagt hatte. »Wir müssen abhauen. Verstehst du?« Er hielt sie an sich gedrückt, mit dieser Zärtlichkeit, die sie so sehr verwirrte. Sie sah ihm tief in die Augen. Um richtig zu verstehen.

Sie hatte den Kopf geschüttelt. Erschreckt. Es war nicht das erste Mal, dass sie darüber sprachen. Bruno war besessen davon. Er wollte unbedingt aus Nizza weg.

»Das sind doch alles Arschlöcher hier!«

»Nicht alle«, antwortete sie.

»Ach ja …«

Er hatte Recht, sie wusste es. Dort, wo sie wohnte, in der Rue Saltalamacchia 13, fehlte es nicht an Arschlöchern. Wie Bruno ihr immer wieder sagte. »Ein Reader's Digest der menschlichen Dummheit«, wie er sich ausdrückte.

»Du schaust sie dir an, und du hast alles verstanden.«

Aurore musste an Navello denken. Ein richtiger Fascho. Erst vor kurzem hatte er sie im Fahrstuhl in die Ecke gedrängt. Man könnte glauben, dass Navello ihr auflauerte. Sobald sie beim Mietshaus ankam, tauchte er auf und drängte sich eilig mit ihr in den Fahrstuhl. Zwei Etagen, das dauert lange. Er ließ sie nicht aus den Augen, mit einem kleinen Lächeln im Mundwinkel.

»Die Araber, die machen dich scharf, nicht wahr!«

Sie antwortete nicht. Sie antwortete niemals. Sagte weder Guten Tag noch Guten Abend. Da blieb sie hart. Sie sprach nicht mit Faschos.

»Du wirst sehen, wenn der Adler von Nizza an die Macht kommt, ist Schluss mit den Arabern.«

Wenn sie ihm heute auf dem Heimweg begegnete, würde sie ihm in die Fresse spucken.

»Wir müssen abhauen, Aurore.«

Bruno hatte ihr das noch einmal gesagt, wobei er die Lippen dicht an ihr Ohr hielt. Seine Lippen hatten ihre Lust angestachelt, und sie küsste ihn. Sie hatte seine Zunge in ihrem Mund gespürt und wie sein Geschlecht sich an ihrem Bauch verhärtet hatte. Sie hatte sich noch fester an ihn gedrückt. Sie liebte Brunos Begehren.

»Warum willst du das nicht verstehen?«

»Was?«

»Wir werden enden wie sie, wenn wir nicht schleunigst verschwinden.«

»Nein.«

»Was Nein?«

»Wir werden niemals wie sie.«

»Ach ja?«

Bruno hatte gelacht.

Im selben Augenblick sah sie vor ihren Augen die Gesichter aller Hausbewohner vorbeiziehen. Auch die von den Leuten, die sie ganz gern mochte. Auch die ihrer Eltern. Und ihrer Schwester. Aurores Herz machte einen Sprung, als sie an sie dachte. Nein, sie nicht, hätte sie am liebsten geschrien.

»Hör auf, ›Ach ja‹ zu sagen. Das geht mir auf den Geist.«

Sie hatte sich in Brunos Armen versteift.

»Kleineigentümer mit kleinen Träumen, kleinen Hoffnungen, ein mickriges Leben …«

»Hör auf, Bruno!«

»Ist es das, was du willst? So zu werden wie deine Mutter? Und im Bett eines alten Lüstlings enden …«

»Hör auf!«

Sie löste sich plötzlich aus seinen Armen.

»Ich geh nach Hause.«

»Jawohl! Geh nur, lauf schnell, und stopf dich mit Schmorbraten und Gnocchi voll!«

Aurore geht langsam, zögert den Moment der Heimkehr hinaus. Hoffentlich hat sie den Braten nicht gemacht!, denkt sie. Sie ist traurig. Möchte am liebsten weinen. Denn im Grunde hatte Bruno Recht. Dieses Scheißleben zerfrisst ihr fast schon den Kopf, und dann das Herz. Und auch den Körper.

Ein Satz von Rilke kommt ihr in den Sinn, aus einem Buch, das sie bei Sonia gelesen hatte: »Jede dumpfe Umkehr der Welt hat solche Enterbte, denen das Frühere nicht und noch nicht das Nächste gehört.«

»Scheißleben!«, ruft sie laut aus.

Nein, sie will dieses Scheißleben nicht. Sie will alles, und zwar sofort. Bruno. Die Liebe. Die Freiheit.

Sie überrascht sich, wie sie »Ach ja!« sagt, und das macht sie wütend. Denn im Grunde hat sie Schiss. Sie sieht sich nicht alles hinschmeißen und von zu Hause verduften. Weg aus Nizza. Noch nicht. Nach dem Abi ... »Erst mal machst du dein Abi, und dann kannst du tun, was du willst ...«

Das denkt sie genau in dem Moment, als sie am *Lume di Luna* vorbeikommt. Drinnen bemerkt sie Carole, die junge Lehrerin der siebten Klasse. An einem Tisch mit einem Bier. Allein.

Sie mag die Lehrerin. Sie haben sich ein paar Mal bei Sonia getroffen, ihrer Nachbarin, mit der

*Man darf im Leben nichts akzeptieren, was unser Glück stört.*

sie Latein und Griechisch übt. Carole liebt wie Sonia die Poesie. Juvenal, Vergil, Ovid. *Die Metamorphosen,* die Aurore gerade in der Klasse durchnimmt.

Carole winkt Aurore zu. Sie sieht traurig aus. Ohne nachzudenken geht Aurore in die Bar und tritt an ihren Tisch.

»Wie gehts?«, fragt sie ein bisschen dümmlich.

Angesichts dieser Frau fühlt sie sich unbeholfen. Obwohl der Altersunterschied nicht so groß ist. Sieben Jahre vielleicht. Sieben Jahre, eine ganze Welt.

»Willst du dich nicht setzen?«

Aurore sieht auf ihre Uhr, blickt sich um und setzt sich schließlich schüchtern hin.

»Möchtest du was trinken?«

»Ein kleines Bier, bitte, so wie Sie.«

Carole gibt dem Kellner ein Zeichen.

»Noch ein kleines Bier.«

Sie sehen sich in die Augen. Caroles Augen sind tränenverschleiert. Sie hat geweint, denkt Aurore. Schweigen hängt zwischen ihnen, nur unterbrochen vom Kellner, der das Bier bringt.

»Bitte schön«, sagt er und stellt das Glas vor Aurore hin.

»Danke.«

Sie trinken schweigend. Aurore weiß nicht, was sie

sagen soll. Es war einfacher, als sie sich bei Sonia trafen. Sonia half jedem über seine Verlegenheit hinweg. Bei ihr schienen die Beziehungen zwischen den Leuten viel einfacher zu werden. Aber hier ... Aurore fällt auf, dass sie immer nur bei Sonia mit Carole gesprochen hat.

»Es ist seltsam.«

»Was?«

»Dass wir beide uns hier so treffen.«

Carole lächelt traurig. Sie ist schön, stellt Aurore bei sich fest.

Das Schweigen droht sie erneut zu befallen.

»Es ist nicht einfach«, sagt Carole schließlich.

»Nein ...«

»Ich meine das Leben. Das Leben ist wirklich nicht einfach.«

Sie sagt die letzten Worte tränenerstickt.

»Sie dürfen nicht weinen.«

Carole schüttelt den Kopf und lächelt ein wenig.

»Es wird schon gehen. Hast du einen Freund?«

»Ja ... er heißt Bruno.«

»Ist er nett?«

Aurore lächelt. »Sehr. Und Sie?«

»Er hat mich gerade verlassen.«

Ihre Augen treffen sich erneut.

Carole zuckt mit den Schultern. »So ist das Leben, wie man sagt.«

»Nein, so ist das Leben nicht. Ich glaub das nicht. Bruno sagt, man darf im Leben nichts akzeptieren, was unser Glück stört. Man muss sich wehren gegen das, was uns verletzt, uns wehtut … Er sagt, dass …«

Aurore ist über sich selbst überrascht. Sie erzählt von den Gesprächen zwischen Bruno und ihr. Darüber redet sie sonst nie, seit sie es einmal mit ihrer Schwester versucht hat.

Die Schwester hatte geantwortete: »Was für Dummheiten! Hat man dir das in der Schule beigebracht?«

Sie sagte gerade, dass sie glaube, jedes menschliche Wesen trage einen glücklichen Teil und einen unglücklichen Teil in sich. Und dass die meisten Menschen sich mit ihrem unglücklichen Teil zufrieden geben.

»Das Unglück ist ja so einfach. Du lässt dich treiben und …«

»Du redest dummes Zeug. Das Unglück gibt es, weil wir in einer Gesellschaft leben, in der nur der Profit zählt. Das Unglück für uns und für tausende von Leuten ist der Kapitalismus.«

»Aber was erhoffen sich all diese Leute vom Glück?«

»Das will ich dir sagen. Wenn du bis zum Hals in der Scheiße steckst, denkst du nur daran, wie du da rauskommst. Wie du bis zum Monatsende durchhalten kannst. Und wenn du einen Job hast, siehst du zu, dass du ihn behältst.«

»Glaubst du an das Glück?«

»Ich bin glücklich. Punkt. Alles andere sind Spekulationen von Intellektuellen. Und damit wird man nicht sein Leben verändern.«

Sein Leben verändern. Bruno dachte an nichts anderes. Aber er hatte seine Erleuchtung nicht bei Marx gefunden, sondern bei Rimbaud.

»Man muss anfangen, Nein zu sagen. Jedes Mal wenn du Ja sagst, wirst du zum Komplizen von all dem.«

Er hatte eine weit ausholende Gebärde gemacht, als ob er das Ausmaß des menschlichen Desasters beschreiben wollte. Und das ging weit über Nizza hinaus.

»Wenn man Ja sagt, hat man sich bereits auf die Scheiße eingelassen.«

»Selbst wenn ich dich frage, ob du mich liebst?«

»Es kommt darauf an, was du unter Liebe verstehst.«

Bruno ist eben so. Immer gleich zum Sinn der Worte, zum Kern der Dinge. Mit einem Herz aus Gold.

Und er litt darunter, das wusste Aurore.

»Er leidet darunter, dass er so ist«, sagt sie zu Carole.

Sie hat Aurore zugehört. Überrascht darüber, wie sie ihr Innerstes einfach so preisgibt.

»Ich verstehe«, sagt sie. »Ich glaube das auch ein wenig. Man lebt zwischen Schatten und Licht. Als ob man seinen Weg zwischen beiden finden müsste. Auf des Messers Schneide.«

»Und darunter leidet man, nicht wahr?«

»Dass ich den Grund nicht kenne, weshalb Enzo mich verlassen hat, darunter leide ich. Nicht etwa, dass er mich verlassen hat.«

Aurore nickt. Sie fragt sich, ob Bruno sie eines Tages verlassen wird. Ob er sie verlassen wird, weil sie ihm nicht folgen will.

»Was denken Sie, wenn …«

»Wenn was?«

Nein, darüber kann sie nicht sprechen. Das ist Brunos und ihr Geheimnis.

»Nichts«, antwortet sie. »Ich musste nur an einen Satz von Camus denken. Er sagt, dass man versuchen muss, auf halbem Wege zwischen Elend und Sonne zu leben.«

»Und weiter?«

»Ich hab oft Lust, abzuhauen. Weit wegzugehen.«

»Ich sehe da keinen Zusammenhang.«

Aurore lächelt. Sie nimmt sich eine Zigarette aus Caroles Schachtel und zündet sie an.

»Du rauchst?«

»Nein. Na gut, manchmal. Da mag ich das ganz gern.«

Sie zieht den Rauch langsam ein und stößt ihn dann genauso langsam wieder aus, den Kopf zur Decke geneigt.

»Nein, es gibt da keinen Zusammenhang. Ich hab nur wieder an diesen Satz gedacht, das ist alles, und …«

»Abzuhauen, das ändert gar nichts. Man kann sein Leben nicht ändern, indem man davonläuft. Anderswo ist es auch nicht anders.«

Sie bestellen noch zwei Bier. Man könnte meinen, sie seien Freundinnen. Oder gar Schwestern. Sie unterhalten sich. Aurore spricht, wie sie noch nie gesprochen hat. Nicht mal mit Bruno. Es tut ihr gut, ihr Herz zu öffnen.

Sie hört auf zu sprechen, drückt ihre Zigarette aus – die dritte – und bemerkt, dass ihr Vater eingetreten ist.

»Du rauchst ja!«

»Ich …«

»Das ist meine Schuld«, sagt Carole.

»Sie …«

»Ich werde es Ihnen erklären. Setzen Sie sich doch, Félix.«

Aurore starrt Carole an. Dass sie ihren Vater beim Vornamen nennt, gefällt ihr nicht. Ihr Blick wandert zwischen den beiden hin und her.

Félix setzt sich. »Es ist … Wir haben mit dem Essen auf dich gewartet«, sagt er zu Aurore. »Aber gut … Bring mir einen kleinen Pastis«, fügt er in Richtung des Kellners hinzu.

»Ihr kennt euch?«

»Vom Fahrstuhl«, lächelt Carole.

Aurore muss wieder an Navello denken, der ihr ständig vor dem Fahrstuhl auflauert. Machte ihr Vater mit Carole auch so was? Sie überrascht ihren Vater, wie er Carole anstarrt. Sie sieht die Begierde in seinen Augen. Und findet das ekelhaft.

»Wir haben uns Sorgen gemacht«, sagt Félix zu Carole.

»Woher hast du gewusst, dass ich hier bin?«

»Ich …«

»Galleazzo«, antwortet Carole.

»Der ehemalige Concierge.«

»In seinem Kopf ist er immer noch Concierge.«

»Von Galleazzo?«, fragt Aurore ihren Vater.

Der Kellner schenkt Félix ein.

Er hebt sein Glas in Caroles Richtung. »Prost.«

»Lass uns gehen«, sagt Aurore. Dann sieht sie Carole an.

Irgendetwas ist zerbrochen, sie weiß es. Das Auftauchen ihres Vaters hat alles wieder ins rechte Licht gerückt. Carole gehört zur Seite der Männer, ihrer begehrlichen Blicke, des Lebens, mit dem Bruno nichts zu tun haben will.

Bruno hat Recht.

Sie bedauert jetzt, dass sie sich Carole gegenüber geöffnet hat. Selbst wenn sie nicht glaubt, dass sie ihrem Vater erzählen wird, was sie ihr anvertraut hat. Sie bedauert nur, dass sie Bruno verraten hat, indem sie von sich beiden, von ihren Träumen gesprochen hat.

»Lass uns gehen«, wiederholt sie.

»Ach, das ist jetzt nicht mehr so eilig.«

Carole steht auf. »Ich muss gehen.«

Félix beeilt sich, sein Glas auszutrinken.

Aurore und Carole sind als Erste auf der Straße. Sie sind hinausgegangen, ohne auf Félix zu warten, und überlassen es ihm, die Rechnung zu bezahlen.

»Entschuldige mich, bitte«, sagt Carole.

Aurore zuckt mit den Schultern. »Warum hast du ihn beim Vornamen genannt?«

Nun zuckt Carole mit den Schultern. »Ich weiß nicht. Ich dachte, das wäre besser. Um ... um ihm den Wind aus den Segeln zu nehmen.«

Sie stehen vor dem Haus Nummer 13 in der Rue Saltalamacchia. Félix kommt aus der Bar. Er beeilt sich. Aurore fragt sich, ob er Geld dabei hatte.

»Verzeihst du mir?«, fragt Carole.

»Ich glaub nicht.«

»Tut mir Leid.«

»Das nützt nichts. Mir wär es lieber gewesen, er hätte mich angeschrien.«

Félix schließt sich ihnen an. Man spürt, dass er sauer ist, weil sie gegangen sind, ohne auf ihn zu warten.

»Auf Wiedersehen«, sagt Carole, ohne ihm die Hand zu reichen.

»Wollt ihr ... wollt ihr nicht mit hinaufkommen? Ich ... Es gibt Schmorbraten mit Gnocchi. Wenn Sie möchten ... Was hältst du davon, Aurore?«

»Nein, danke. Ich komm noch nicht mit.«

»Ah.«

»Geh nur«, sagt Aurore zu ihrem Vater. »Ich komm in fünf Minuten.«

Félix starrt Aurore an, dann Carole, ohne zu verstehen. Immerhin merkt er, dass er überflüssig ist. Die Frauen sind immer so kompliziert. Das hat er schon immer gedacht.

»Fünf Minuten. Nicht mehr.«

»Auf Wiedersehen«, sagt er zu Carole.

Er wagt nicht, ihr die Hand zu reichen.

Aurore und Carole sehen sich an.

»Ich komm mit dir«, sagt Aurore.

»Ich weiß nicht, wohin ich gehe.«

»Ich auch nicht.«

Und sie brechen in Gelächter aus.

»Ich möchte dir Bruno vorstellen.«

»Ja. Das würde mir gefallen.«

# Ein Winter in Marseille

*Für Martine und Michel*

Ich hatte es mir für den Weihnachtstag fest vorgenommen: in den Knast zu gehen und Joëlle zu besuchen. Ihr ein Geschenk mitzubringen. Mit ihr zu sprechen. Vor allem mit ihr zu sprechen.

Vor fünf Jahren – ich war noch bei der Polizei – hatte sie ihren Freund getötet. Akim, achtzehn Jahre alt. Mit drei Messerstichen. Ohne jeden Grund. Es sei denn »ihre Angst«. Sie hatte ihn getötet, nachdem sie mit ihm geschlafen hatte.

Ich konnte keinen einzigen Satz aus Joëlle herauskriegen. Nicht mal ein Wort.

In ihren Tagebuch hatte sie geschrieben: »Was habe ich nur getan, dass ich Angst habe?« Und weiter unten: »Das ist nicht die Angst, die einen befällt, wenn man über die Stränge schlägt, oder die Angst, sich lächerlich zu machen, die einen dazu bringt, sich selbst zu verleugnen, sondern eine tiefe, ausweglose Angst.«

Zwischen ihr und ihrer Angst hatte sie einen Graben gezogen. Den Tod. Das Verbrechen. Den Tod desjenigen Menschen, den sie am meisten auf der Welt liebte.

Ich erinnere mich, dass ich mir, als ich Joëlle den Richtern »auslieferte«, gesagt hatte: »Das menschliche Verhalten ist nicht logisch, und das Verbrechen ist menschlich.«

Seitdem dachte ich nicht mehr. Ich vermied es, nachzudenken. Ich hatte aus meinem Kopf alle Bücher verbannt, die versuchten, unseren Handlungen einen Sinn zu geben. Und ich hielt mich von allen sinnvollen Gedanken fern. Ich ging angeln, durchwanderte die felsigen Buchten, nahm mir die Zeit, für Freunde zu kochen, und beschäftigte mich damit, ziemlich viele Flaschen Wein aus der Provence zu leeren.

»He, hörst du mir zu?«, fragte Fonfon.

Er hatte gerade eine Flasche Weißwein aufgemacht. Einen Puy-Sainte-Réparade. Ich hatte zwanzig Liter davon mitgebracht.

»Ja.«

»Also, Honorine und ich haben uns gedacht, dass wir das Festessen zusammen machen könnten. Sie ist allein, und ich auch. Magali und die Kinder kommen nicht. Sie sind beim Wintersport.«

Eines Tages hatte uns ein Typ in der Polizeischule besucht. Ein Soziologe. Er war Forschungsleiter am *Centre National de la Recherche Scientifique* und hatte ein Buch geschrieben: *Sitten und Gewohnheiten der Franzosen im Laufe der Jahreszeiten.* Dieser Typ, ich glaube, er hieß Besnard, erklärte uns, dass Selbstmord und Mord weder zusammenhängen noch völlig unabhängig voneinander sind. Man mordet oder tötet sich selbst vor allem im Juli, lautete seine These. Und im Dezember gebe es am wenigsten Selbstmorde.

Er hatte uns auch noch erzählt, dass es in der Häufigkeitskurve der Körperverletzungen weder den starken Anstieg im September noch den Rückgang im Dezember gab, welche für Sexualdelikte charakteristisch seien. In beiden Bereichen war ihm zufolge der Frühling bis zum Mai eine besonders friedliche Jahreszeit, was die Gewalt im Privatleben betraf. Zum Ausbruch komme es erst im Juni.

Dieser Typ hatte Antworten auf alle möglichen Fragen, die ein junger Polizist sich stellte. Die reinste Freude. Die Knarre in der rechten Hand, das Soziologiehandbuch in der anderen. Aber Besnard hatte alles durch seine Schlussfolgerung verdorben. »Für das jahreszeitenbedingte Aufkommen von zwischenmenschlicher Gewalt«, verkündete er, »scheint es keine einfache oder spontane Erklärung zu geben, es steht weder mit dem Klima noch mit der Häufigkeit der Gelegenheiten im Zusammenhang.«

Nachdem er alles analysiert hatte, war er wieder am Ausgangspunkt angekommen. Die Theorie erklärte gar nichts. Sie diente nur dazu, weitere Theorien aufzustellen.

Über Verbrechen. Vergewaltigung. Kriminalität.

Auch über Autounfälle.

Auf den jahreszeitlichen Ansatz konnte die Betrachtung nach dem Geschlecht folgen. Dann nach den Rassen. Jeder versuchte, die Welt zu verstehen, indem er sie ordnete.

Eines Tages würde alles wieder in Ordnung kommen. Und da wurde alles kompliziert. Keine Theorie ist richtig, wenn sie sich nicht verifizieren lässt. Genauso wie bei den naturwissenschaftlichen Entdeckungen. Die Atombombe war erst nach Hiroshima *wahr.*

Das Experiment.

Das Feld der Experimente.

Weitere moderne Anwendungen waren gefolgt. Die Endlösung, die durch eine bestimmte Rasse angestrebt wurde. Der Gulag als Glück des Volkes. Sabra und Schatila, um den Frieden vorzubereiten. Bosnien, Ruanda, Algerien …

Dabei kam man immer auf denselben Ausgangspunkt zurück. Zu dem, was keinen Sinn ergab. Zu

*Ich hatte Lust, mich in Marseille zu verlieren.*

diesem sinnlosen Moment, in dem eine Siebzehnjährige ihren Freund ersticht.

»Eine außergewöhnliche Persönlichkeit«, hatte der Richter gesagt.

Joëlle hatte sich seitdem im Schweigen verloren, Für immer. Man sagte, sie sei verrückt geworden. Denn man brauchte irgendein Wort, um das Unverständliche auszudrücken. Joëlle. Eines Tages. Weit weg von jeder Statistik. Von den Monatskurven der Morde. Und von den Jahreszeiten. Daher kam man wieder auf die Grundfrage zurück. Die Angst.

Das Leben selbst.

»Ich mag keinen Schnee«, antwortete ich.

»Was redest du da?«

»Schon gut, ich bleib bei euch. Glaubst du etwa, ich geh zur Mitternachtsmesse?«

Fonfon lachte. »Honorine hat gesagt, sie macht uns *oursinade,* Fischsuppe mit Seeigeln. Vorneweg ein paar Austern und Venusmuscheln. Hinterher die Dreizehn Desserts. Absolute Spitze!«

Ich nahm Fonfon bei den Schultern und drückte ihn an mich. Mit Tränen in den Augen. Ich begann zu heulen. Ich hatte mir vorgenommen, Joëlle zu besuchen. Aber Joëlle hatte nicht auf mich gewartet. Sie hatte sich am Tag zuvor bei Tagesanbruch umgebracht. In ihrer Zelle.

»Das geht vorbei ...«, sagte ich zu Fonfon und richtete mich wieder auf.

Ich ließ meinen Blick über das Meer schweifen, bis zum Horizont. Ich hatte noch nichts Besseres gefunden, um die Niedertracht der Welt zu vergessen. Joëlle blickte mich an. Sie hatte wunderschöne schwarze Augen. Hätte ich ein guter Vater für sie sein können? Oder ein guter Liebhaber? Hätte ich ihr die Angst erklären können? Ich nickte. Wie um Ja zu sagen. Ja, Joëlle. Je weiter man zum Ende der Dinge kommt, umso mehr verschwimmt der Unterschied zwischen Glück und Unglück. Ja, das hätte ich dir vielleicht erklären können.

Ich trank mein Glas in einem Zug aus und stand auf. Ich hatte Lust, mich in Marseille zu verlieren. In seinen Gerüchen. In den Augen seiner Frauen. In meiner Stadt. Ich wusste, dass ich dort immer ein Rendezvous mit dem flüchtigen Glück der Exilierten hatte.

Das Einzige, das mir zukam. Ein echtes Glückslos des Trostes.

# Nachweis der Erstveröffentlichungen

**Leben macht müde**

Die erste Fassung erschien unter dem Titel »Vivre fatigue« in *Au bout du quai* (Paris 1996), einer Anthologie mit Erzählungen verschiedener Autoren.

**Warten auf Gina**

Die erste Fassung von »Dans l'attente de Gina« erschien in der Zeitschrift *Méditerranée magazine* in der Juli/August-Ausgabe 1997.

**Hundehalter**

Die erste Fassung erschien 1996 unter dem Titel »Chien de nuit« in einer Auflage von zweihundert Exemplaren in der Librairie Urubu in Valence.

**Falscher Frühling**

Die erste Fassung erschien unter dem Titel »Faux printemps« im Magazin *Viva* im November 1997.

**Am Ende des Quais**

Erstveröffentlichung

**Im *Lume di Luna***

Die erste Fassung erschien unter dem Titel »Au *Lume di Luna*« in *13, rue Saltalamacchia* (Nizza 1997), einem Band mit Erzählungen verschiedener Autoren.

**Ein Winter in Marseille**

Die erste Fassung erschien unter dem Titel »Souris, Montale, c'est Noël« im Magazin *Regards,* Dezember 1996. Fabio Montale ist die Hauptfigur der Romane *Total Cheops, Chourmo* und *Solea.*

## Jean-Claude Izzo im Unionsverlag

### Die Marseille-Trilogie
*Total Cheops, Chourmo, Solea*
Fabio Montale ist ein kleiner Polizist mit Hang zum guten Essen und einem großen Herz für all die verschiedenen Bewohner der Hafenstadt: für die Italiener, die Spanier, die Nordafrikaner, und auch die Franzosen. Ob einer Polizist wird oder Gangster, das ist reiner biografischer Zufall. Freund bleibt Freund.
»Fiebrige Lebenslust, überbordende Vitalität auf der einen, die Tragödien der Gestrandeten auf der anderen Seite.«
*Robert Hültner, Abendzeitung, München*

### Aldebaran
Im Hafen von Marseille steht die Zeit still. An der äußersten Mole liegt die *Aldebaran* fest, deren Reeder Konkurs gegangen ist. Die letzten drei Männer an Bord wollen den Frachter nicht aufgeben.
»Eine vielschichtige Hommage an Marseille, dessen Hafen langsam stirbt, aber dessen morbider Zauber noch immer nicht erloschen ist.« *Ingeborg Sperl, Der Standard, Wien*

### Die Sonne der Sterbenden
Rico zieht Bilanz: Er ist geschieden, seinen Sohn darf er nicht mehr sehen, die Wohnung hat er verloren, sein einziger Kumpel, der Clochard Titi, ist tot. Rico beschließt, aus dem eisigen Pariser Winter abzuhauen, in den Süden.
»Dieser packende, engagierte Roman atmet in jeder Zeile jene illusionslose Brüderlichkeit, von der einst Albert Camus sprach.«
*Marko Martin, Die literarische Welt, Berlin*

## Rund ums Mittelmeer

**Assia Djebar** *Fantasia*
Ein Roman wie ein Film, eine Autobiografie wie ein Geschichtsbuch. Berichte von der Eroberung Algeriens im neunzehnten Jahrhundert vermischen sich mit Erinnerungen an eine Kindheit in der verschlossenen Welt der Frauen.

**Yasmina Khadra** *Morituri; Doppelweiß; Herbst der Chimären*
»Die Kommissar-Llob-Trilogie veranschaulicht die algerische Tragödie mit ihrem alltäglichen Schrecken und ihren verheerenden Folgen so nachdrücklich, dass man sie nicht ohne weiteres wieder aus dem Bewusstsein ausblenden kann.«
*Katharina Döbler, Die Zeit, Hamburg*

**Nagib Machfus** *Miramar*
Alexandria – die Stadt des Sonnenlichts, von Himmelswasser rein gewaschen, das Herz voll Erinnerungen, voll der Süße des Honigs und der Bitternis von Tränen … Die Pension Miramar hat ihre besten Zeiten hinter sich, sie ist zum Zufluchtsort einer zusammengewürfelten Gästeschar geworden.

**Miral al-Tahawi** *Das Zelt*
Durch seine unbändigen Fantasien, mittels Geschichten und Liedern schafft sich ein Mädchen seine eigene Freiheit. Doch die Grenzen zwischen Fantasie und Wirklichkeit beginnen gefährlich zu verschwimmen.

**Sahar Khalifa** *Das Erbe*
Als Sena, erfolgreiche Anthropologin in den USA, hört, dass ihr verschollener Vater im Sterben liegt, reist sie kurz entschlossen ins Westjordanland – ein Land, das sie nicht kennt und von dem sie nicht weiß, ob es ihre Heimat ist. Die Wirklichkeit bricht über sie herein, das Land ist in Aufruhr.